कास्टिंग चालीसा

जूनियर कबीर
(गौरव)

RG
books

Published By

Redgrab Books Pvt. Ltd.

942, Mutthiganj, Prayagraj, 211003

www.redgrabbooks.com

contact@redgrabbooks.com

Price in india : 225/- INR

First published by Redgrab Books in 2023

Copyright © 2023 Redgrab Books Pvt. Ltd.

Copyright Text © 2023 KUMAR GAURAV

Printed and bound in India

Cover Design & Typesetting by Redgrab Books team

Sketch by Rajesh Kumar

ISBN : 978-93-95697-21-7

समर्पण

जीवन का हर पहला काम अपने माता-पिता को ही समर्पित होता है, सो मेरी और से भी मेरी यह पहली किताब अपने माता-पिता को ही समर्पित है. साथ ही इसका कुछ हिस्सा उन सबों को भी समर्पित है, जिन्होंने मुझे यहाँ तक पंहुचाने में किसी भी प्रकार की छोटी या बड़ी भूमिका निभाई है. सबका हृदयतल से आभार...

जूनियर कबीर (गौरव)

FIT
NOT FIT
CASTING DIRECTOR
NOT FIT

ऑडिशन-वॉडिशन सब करे, कास्ट करे ना कोय।
जो खुद को ही कास्ट करे, कास्टिंग डायरेक्टर होय।।।

बीस साल से रंगमंच के, बने थे जो सिरमौर।
डेढ़ मिनट के रोल की खातिर, रोज लगावे दौड़।।

रोज लगावे दौड़, उन्हें जज कर रहे लौंडे-लपाड़े।
चकाचौंध की दुनिया जिसे, कास्टिंग एजेंट पुकारे।।

एनएसडी-आईआईएफटी सब, धरे यहां रह जाते ।
फलना-ढिमका कास्टिंग वाले, किरदार सभी खा जाते ॥

ऑडिशन देने जो चला, रोल न मिलया कोय ।
जो कास्टिंग को असिस्ट किया, हर फिलम में एंट्री होय ॥

कास्टिंग
एजेंसी
Roll

एजेंसी खड़ी बाजार में, लिए रोल है हाथ ।
चाटू विद्या जिसके भीतर, चले हमारे साथ ॥

महिमा कास्टिंग एजेंसी की, ऑडिशन लिया बुलाय ।
खुद ही हो गए कास्ट एक्टर को, अनफिट दिया कराय ॥

एक्टिंग करि-करि जुग भया, फिल्लम मिला ना कोय।
मिली चरण जो चारों पहर, कास्टिंग डायरेक्टर के धोए।।

कास्टिंग चालीसा

महिमा कास्टिंग एजेंसी की, कैसो बखानी जाय ।
लिख-लोढ़ा पढ़-पत्थर को भी, एक्टर दिया बनाए ॥

CASTING
CASTING DIRECTOR
CASTING DIRECTOR
CASTING DIRECTOR

कास्टिंग चालीसा

एक्टर खोजन मैं चला, मिला न एक्टर कोय ।
जितने भी एक्टर मिले सब, कास्टिंग डायरेक्टर होय ॥

ऑडिशन-वॉडिशन से बड़ा, झूठ जगत ना कोय ।
रोल उसी के हाथ गिरे जो, चरण कास्टिंग के धोए ॥

गुरु (थिएटर)-एजेंट(कास्टिंग) दोऊ खड़े, काके लागू पाए ।
बलिहारी एजेंट की, कास्ट दिया कराये ॥

कास्टिंग चालीसा

सांझ सवेरे टपरी पर, कास्टिंग चालीसा गाए।
डेढ़ मिनट के रोल की खातिर, चढ़े समोसा चाय।।

थिएटर करि-करि जग मुआ, एक्टर भया न कोय ।
सेटिंग जिसकी हो कास्टिंग में, उससे बड़ा ना एक्टर होय ॥

थिएटर किया तो क्या किया, सोशल मीडिया पर न होय ।
मिलियन फॉलोअर्स हो जिसका, कास्टिंग उसी की होय ॥

कास्टिंग चालीसा

थक गए करि-करि ऑडिशन, रोल मिला ना कोय।
बन बैठे कास्टिंग डायरेक्टर, अब एक्टर मुझ सा न कोय।।

कास्टिंग चालीसा

ऑडिशन करि-करि जग मुआ, एक्टर भया ना कोय ।
तीन आखर जुगाड़ का, करे सो एक्टर होय ॥

कास्टिंग ऐसी कर गए, सब रोल लिया दबाए।
भले मरे एक्टर भूखा, अपना घर भर जाए।।

रोल ना पूछो एजेंसी (कास्टिंग) से, पूछ लीजिए 'कट' ।
'कट' जब तक देते रहे, काहे का इफ एंड बट ॥

कास्टिंग चालीसा

चप्पल घिस घिस जग मुआ, रोल मिला न कोय ।
रोल उसी का हो लिया जो, कास्टिंग का चप्पल धोए ॥

लूट सके तो लूट ले, कास्टिंग वालों की लूट ।
पाछे फिर पछताओगे, रोल गया जो छूट ॥

ऑडिशन करि-करि क्या हुआ, मिला ना एक भी रोल।
बंदरबांट हुई कास्टिंग, सब खुद ही कर गए गोल।।

एक्टर हुआ तो क्या हुआ, माने कैसे कोय ।
कास्टिंग में सेटिंग ना हुई फिर, एक्टर काहे का होय ॥

एजेंसी लोभ, एक्टर लालची, दोनों खेलें दांव ।
चला रहे तिकड़म से दोनों, अपनी अपनी नाव ॥

'कट' की महिमा जानिए, 'कट' से बड़ा ना कोय ।
जो 'कट' को इग्नोर करे फिर, हाथ काम ना होय ॥

कास्टिंग चालीसा

ऑडिशन पे मेहनत सब करे, सेटिंग पे करे ना कोय ।
कास्टिंग में सेटिंग जो करे, रोल उसी का होय ॥

महिमा कास्टिंग एजेंसी की, जान ना पाया कोय ।
खुद ही कास्ट होते रहे, एक्टर बेचारा रोए ॥

फिल्लम हो या वेब सीरीज, रोल रहे अपार ।
सब ले गए कास्टिंग वाले, एक्टर के मुंह छार ॥

कास्टिंग चालीसा

चाह बढ़ी, चिंता बढ़ी, बढ़ गयी मन की आह ।
थिएटर-वियेटर सब झूठे बस, कास्टिंग वाले शहंशाह ॥

थिएटर से न रोल मिले, ऑडिशन मिले दुत्कार ।
कास्टिंग पांव पखारिए, मिलेंगे रोल हजार ॥

कास्टिंग (एजेंट) नियरे राखिये, आंगन मधुशाला बनाय ।
समय समय पर रोल मिले, दिन भी खाली ना जाए ॥

कास्ट "जुगाड़! "

ऑडिशन विष की बेलरी, जुगाड़ अमृत की खान ।
ऑडिशन से कुछ ना मिला, जुगाड़ से बन गया काम ॥

एजेंसी से रोल मिला फिर, दिया कबीरा रोय।
जो सुख चाटू विद्या से हो, मेहनत से कहां होय।।

रोल ना थिएटर उपजे, ऑडिशन न रोल दिलाए।
कास्टिंग-कास्टिंग जो भजे, रोल उसी को जाय।।

कास्टिंग हॉल

आया था किस काम को, करन लगा क्या काम ।
एक्टिंग छोड़ी कास्टिंग पकड़ी, एजेंसी दाता राम ॥

रेल्वे
₹

रोल लपक के 'कट' दे दो फिर, देखो कास्टिंग का खेला ।
फिट हो चाहे हो अनफिट, लगे काम का मेला ॥

कास्टिंग चालीसा

अभिनय कर-कर जुग गया, मिला ना एक भी रोल ।
जो कास्टिंग के पांव पखारे, समय नहीं अब बोल ॥

कास्टिंग
चालीसा
जूनियर कबीर

रोज लौटते ऑडिशन से, सुनकर नॉट फिट ।
पढ़ा नहीं कास्टिंग चालीसा, कहां से होगे हिट ॥

अड़ह sssss

महिमा कास्टिंग की देख के, दिया कबीरा रोए ।
कास्टिंग की इस चक्की में, साबुत बचा ना कोय ॥

कास्टिंग एजेंसी
ऑडिशन
अनफिट
फिट

ऑडिशन करि-करि मन मरा, मर-मर गया शरीर ।
बिन कास्टिंग (एजेंसी) ना रोल मिले, कह गए जूनियर कबीर ॥

*कास्टिंग/एजेंसी: कास्टिंग एजेंसी
*कट: परसेंटेज / हिस्सा